TIN-TIN
Ein Elfenmärchen

Ein Märchen für Kinder und diejenigen, die das
Kind in sich noch spüren

TIN-TIN
Ein Elfenmärchen

Ein Märchen für Kinder und diejenigen, die das
Kind in sich noch spüren

Von
Bianka Wolf

Die deutsche Bibliothek verzeichnet diese Publikation in der deutschen Nationalbibliographie; detaillierte bibliographische Daten sind im Internet über http://dnb.ddb.de abrufbar.

Impressum

Copyright:
Text: Bianka Wolf
Titelgrafik: Christina Albert

1.Auflage August 2007
2.Auflage September 2009
ISBN: 978-3-8370-0606-3
Herstellung und Verlag: Books on Demand GmbH, Norderstedt

Dieses Märchen widme ich all denjenigen, die den Glanz des Herzens noch in den Augen haben und noch an die Macht der Träume glauben.

Die Welt – wie im Traum

Es war zu einer Zeit, als es weder Krieg, noch Hass, noch irgendetwas anderes Böses gab.

Jeden Tag ging ganz früh die Sonne auf und spendete allem Leben Energie durch ihr warmes, strahlendes Licht.

Nachts leuchteten der Mond und die Sterne ganz hell.
Viel, viel heller, als wir es uns vorstellen können.

Die Luft war so klar.

Der Himmel und das Meer erstrahlten in leuchtenden Blautönen.
Nachts sah es aus als würden die Sterne im Meer mit den Seejungfrauen tanzen.

Am Tage reflektierte das Wasser jeden einzelnen Strahl der Sonne.

Im Sommer war die Erde saftig grün und die Blumen blühten in so leuchtenden, bunten Farben, wie wir es uns noch nicht einmal in unseren schönsten Träumen ausmalen könnten.

Die Erde war von einem goldigen Antlitz.

Jeden Tag lag Glockenklang in der Luft, der vom Wind in alle Richtungen getragen wurde.
Zusammen mit dem Sternenstaub der Elfen!

Denn der Glockenklang und der goldige Sternenstaub stammten von den kleinen Elfen.
Viele von ihnen trugen ein Kettchen mit ganz winzigen Glöckchen um die Knöchel.
Daher kam diese wundervolle Musik, die in alle Herzen drang.

Die Elfen waren überall zugegen.

Sie flogen fast jede Winternacht los, um genug Sternenstaub für den nächsten Sommer zu sammeln.
Wenn es im Winter schneite und der Wind den Staub von den Sternen auf die Erde blies, feierten sie ihre schönsten Feste.
Sie tanzten nachts einen Wintertanz und fingen so den Sternenstaub, der durch die Lüfte schwebte, auf.
Er blieb auch an ihren Flügeln hängen, denn dort klebte noch immer der Honig, der von den Blüten des Sommers stammte.
Und wenn sie dann so durch die Lüfte tanzten, um den Sternenstaub zu sammeln, lag eine ganz besonders schöne Melodie in der Luft.

Man darf sich den Sommer und den Winter aber nicht so vorstellen, wie wir es kennen.
Nein, nein!

Es war keinesfalls so kalt wie bei uns.
Und der Schnee war goldener, leuchtender Staub von den Sternen.
Die Blumen blühten auch im Winter.
Nun mischten sie den Sternenstaub unter ihre Farben, damit im nächsten Sommer die Blumen, die aus ihren Samen wuchsen, in noch glänzenderen bunten Farben erblühen konnten.

Dadurch, dass die Elfen bei jedem Flug ihren Sternenstaub in der Luft zerstäubten, lag immer ein goldener Schleier über der Erde.

Alle Wesen lebten in Harmonie und Frieden miteinander.
Gefühle wie Hass, Neid, Wut oder Angst gab es nicht.
Trauer, Kummer oder Schmerz kannte man nicht.

Alle waren glücklich und lebten in Frieden und im Einklang mit der Natur.

Es gab viele verschiedene Wesen, die alle gemeinsam auf der Erde lebten.

Aber nicht nur nebeneinander her, sondern viel mehr miteinander.
Jeder war für den anderen da.

So wurden die Elfen zum Beispiel von den Feen ebenso wie von den Gnomen unterrichtet.
Schließlich kann jeder etwas lehren, und jeder hat seine Art zu lernen.

Die jungen Elfen besuchten gerne ihre Schule.
Die Feen lehrten sie die Zauberei und alles was sie über das Leben und die Natur wissen mussten.
Die Gnome waren zuständig ihnen die Sagen und Geschichten längst vergangener Zeiten beizubringen.

Nach dem Unterricht trafen sich die Elfen gerne am Karussell.
Einige Trolle hatten es einst als Geschenk für die Elfen gebaut.
Trolle waren handwerklich sehr begabt. Sie bauten gerne Gegenstände aus Holz.
Die Trolle dekorierten und bastelten auch gerne.
Viele wunderbare Dinge stellten sie in ihren Baumhäusern aus.

Alle Wesen besuchten sich oft und gerne.
Gäste waren immer herzlich willkommen.

Die einzigen beiden Wesen, die etwas außerhalb der Gemeinschaft lebten, waren der Gnom Nenork und Unyx, der Wächter des Regenbogens.
Unyx war ein Geist. Der Geist des Regenbogenberges.
Man sagte, er sei die Seele dieses Berges. Er lebte in dem Berg und würde nur manchmal die Gestalt eines weisen alten Mannes annehmen.

Der Gnom Nenork, der ebenfalls sehr weise war, lebte auch weiter außerhalb.
Im Wald hatte er eine winzige Baumhöhle. Er beschäftigte sich die meiste Zeit mit Meditation, um so zu noch mehr Weisheit zu gelangen.

Jedoch waren auch diese beiden Wesen nicht einsam. Einsamkeit empfand niemand in dieser Welt.
Alle lebten glücklich und zufrieden miteinander. Es gab nur Freude und Lachen, niemals ein böses Wort.

Elfen, Feen, Trolle, Menschen, Tiere und all die anderen Wesen, lebten in Frieden miteinander. Die Welt war wie im Traum!

Oder war das alles nur ein Traum?

Vielleicht der Traum eines Menschen, der noch träumen konnte?

Denn irgendwann veränderten sich die Menschen!
Sie hörten plötzlich auf zu träumen und sie hörten auf zu glauben.
Denn an was soll ein Mensch noch glauben, wenn er die Gabe zu träumen verloren hat?

Von den Elfen, Feen, Gnomen und Trollen wollten sie bald nichts mehr wissen.
Und irgendwann versuchten sie sogar, sich die Tiere zu Untertanen zu machen.
Sie sperrten sie in Käfige oder ließen sie für sich arbeiten.
Die Tiere, die doch immer Freund der Menschen waren, verstanden dies nicht. Doch fügten sie sich, weil die Menschen sie sonst geschlagen hätten.

Die Welt, die bisher immer allen Wesen zugleich gehörte, diese wunderbare Welt, zerteilte sich.

Die Welt der Menschen wurde immer grauer und grauer. Die Farben verblassten von Tag zu Tag mehr. Alles wurde furchtbar kalt.
Selbst der Sternenstaub erstarrte auf dem Weg zur Erde zu Eis und Schnee.

Den Menschen schien das aber gar nichts aus zu machen. Sie hatten plötzlich ganz neue Gefühle.
Neid, Gier und Eifersucht.
Hass, Trauer und sogar der Tod suchten die Menschen heim.

Niemand der anderen Wesen wusste was mit den Menschen geschehen war.
Sie waren ratlos.
Und das war für sie auch ein ganz neues Gefühl.
Es war das erste mal, dass sie auf etwas keine Antwort wussten.

Gerade noch träumten die Menschen mit den Elfen auf einer grünen Sommerwiese oder tanzten mit den bunten Schmetterlingen der Abendröte entgegen. . .

Und jetzt?

Die anderen Wesen glaubten die Menschen seien von einer schweren Krankheit befallen.
Oder ein böser Zauber läge auf ihnen.
Man hielt derart scheußliche Dinge zwar für üble Märchen, aber man fand sonst keinerlei Erklärung für das, was in den Menschen vorging.

Nicht einmal der weise Gnom Nenork wusste was geschehen war.

Die Welt der Menschen wurde immer dunkler und mit der Zeit legte sich ein grauer Schleier auf ihre Augen.

Da kein Versuch gelang, die Menschen wieder zu ihrem Glück zurück zu führen, hielten sich die anderen Wesen von ihnen fern.
Die Welt wurde entzweit.

Mit der Zeit vergaßen sie sich gegenseitig sogar ganz.

Ein Besuch

„Nenork, Nenork", rief die kleine Elfe und flog ganz aufgeregt um den Kopf des alten Gnomes, der gerade damit beschäftigt war, sich einen Kräutertee zu brauen, „ich habe etwas ganz merkwürdiges gesehen. Eine Fee, eine wunderschöne Fee. Aber stell dir nur vor, sie hatte keine Flügel. Und ihre Augen - ihre Augen waren wie eine Quelle. Ganz viel Wasser lief aus ihren Augen. So viel, dass sie mich nicht einmal mehr sehen konnte."
Die kleine Elfe flog auf und nieder und wedelte wild mit den Armen.
Das knorrige Gesicht des alten Nenork wurde blass. Seine sowieso schon viel zu großen Augen schauten jetzt wie zwei riesige Bälle auf die kleine Elfe.
Langsam setzte er sich auf die Baumwurzel, die so etwas wie eine Bank darstellte.
„Du lieber Himmel, Tin-Tin, wo bist Du gewesen? Wo hast Du dieses Wesen gesehen?"
Kopfschüttelnd schlug er die Hände vors Gesicht.
„Du sollst doch nicht so weit hinaus fliegen. Kannst du denn nie auf das hören, was die Feen Euch lehren?"
„Aber... aber… ", stammelte die kleine Elfe, "aber das war gar nicht meine Schuld. Dieser Schmetterling... wir flogen um die Wette. Und da

saß sie plötzlich, diese wunderschöne Fee... und
ganz viel Wasser floss aus ihren Augen."
Immer noch flog Tin-Tin ganz aufgeregt um den
alten Gnom herum.
Dieser streckte nun die Hand aus und gab ihr so
zu verstehen, dass sie sich setzten solle.
Es machte ihn ziemlich nervös, dass sie so um
seinen Kopf herumschwirrte.
Als Nenork ihr ein fingerhütchengroßes Gefäß mit
frischem Kräutertee anbot wurde Tin-Tin etwas
ruhiger.
Sie erzählte nun, dass sie mit dem Schmetterling
um die Wette flog und dabei ganz vergaß, dass
sie schon sehr weit weg waren.
Am Ende des Sonnenblumenfeldes, dort wo der
Wald anfängt, habe sie dann diese Entdeckung
gemacht.
Dort saß also eine Fee ohne Flügel und Wasser
floss aus ihren Augen.
Während Tin-Tin alles erzählte, schwirrte sie
immer wieder um Nenorks Kopf herum.
Sie war so aufgeregt, weil sie so ein Wesen noch
nie gesehen hatte.
Nenork saß einfach nur da.
Er wünschte sich Tin-Tin hätte etwas von seiner
Ruhe und wäre nicht so überdreht. Aber so war
sie nun mal. Einfach nicht zu bremsen.
„Und, hast Du mit ihr gesprochen?", fragte Nenork
ganz ruhig.

Traurig antwortete die Elfe: "Nein, sie konnte mich nicht sehen. Bestimmt sah sie mich nicht, weil so viel Wasser aus ihren Augen kam. Aber ich glaube, sie konnte mich auch nicht hören. Sie reagierte überhaupt nicht, als ich sie ansprach. Ich wollte ihr helfen, aber vielleicht wollte sie nichts mit mir zu tun haben. Und der Schmetterling wollte schnell wieder weg. Ich glaube er weiß was mit dieser Fee los ist, aber er wollte es mir nicht erzählen.
Und Nenork, kannst du mir sagen was mit dieser Fee geschehen ist?"

Tin-Tin stand nun auf den Zehenspitzen auf Nenorks Knie und putzte sich verlegen die Flügel. „Schon gut, ich werde dir ja alles erklären.", sagte Nenork, „setzt dich erst mal ruhig hin und hör gut zu, denn was Du heute gesehen hast, ist eine uralte Geschichte, welche die meisten hier schon längst vergessen haben. Und es könnte sein, dass Du es nicht verstehst. Also höre genau zu!" Als sie es sich jetzt wieder auf seiner großen, rauen Hand bequem machte, erzählte Nenork der kleinen Elfe eine Geschichte, die Tin-Tins Leben noch sehr verändern sollte.

Er erklärte der kleinen Elfe, dass es keine Fee war, was sie gesehen hatte, sondern ein Mensch. Menschen und Feen sind sich zwar äußerlich sehr ähnlich, aber die Seelen dieser beiden Wesen sind sehr verschieden.

Nenork erzählte von längst vergangenen Zeiten, und dass diese Erde aus zwei verschiedenen Welten besteht.

Er sprach darüber, wie die Menschen damals mit den anderen Wesen zusammen lebten und wie der Glanz allmählich aus ihren Augen verschwand.

Er selbst habe seit hunderten von Jahren keinen Menschen mehr mit leuchtenden, klaren, lebendigen Augen gesehen.

Nun erfuhr Tin-Tin auch den Grund, warum Nenork außerhalb des Dorfes lebte.

Es war bekannt, dass er ein sehr weiser Gnom war, der durch seine Meditationen zu noch mehr Weisheit gelangte und immer noch gelangt.

Aber nie sprach jemand darüber, dass er sich eine Aufgabe gestellt hatte.

Er wollte herausfinden, was damals mit den Menschen geschehen war. Er wollte eine Erklärung finden. Wollte am liebsten die zerrissenen Welten wieder zusammenfügen.

Nun schämte er sich ein wenig, der kleinen Elfe gegenüber zugeben zu müssen, dass ihm das bis heute nicht gelungen war.

Hunderte von Jahren beschäftige er sich nun schon damit. Doch er fand keinen Grund für diese Veränderung.
Nicht einmal mit Hilfe des Berggeistes Unyx.

Tin-Tin und Nenork redeten sehr lange.
Längst funkelten die Sterne am Himmel.
Nenork hatte so seine liebe Mühe, Worte wie *Tränen* oder *Schmerz* einer Elfe zu erklären.
Tin-Tin war eine sehr aufgeweckte Elfe, die alles ganz genau wissen wollte.

„So, Tin-Tin, jetzt weißt du alles über die Menschen. Halte dich von ihnen fern. Sie können Dich sowieso nicht sehen. Wir bedeuten ihnen nichts mehr. Was soll man sich überhaupt Gedanken machen um Wesen, die nicht einmal mehr wissen, dass wir existieren. Und nun wird es höchste Zeit für Dich. Fliege zu Deiner Schlafblüte. Es ist spät geworden. Das Beste wird sein, Du vergisst die Menschen.", mit diesen Worten endete das Gespräch.
Nenork lehnte sich an seinem Baum und schloss die Augen.
Tin-Tin wusste, dass es jetzt Zeit war zu gehen.
Denn wenn Nenork seine Augen schloss, hatte man keine Chance mehr noch ein Wort aus ihm heraus zu kitzeln.

Er konnte tagelang mit geschlossenen Augen da
sitzen und meditieren. In dieser Zeit brauchte er
weder etwas zu Essen, noch zu Trinken.
Es war auch wirklich sehr spät geworden.
Tin-Tin nahm sich einen weiteren Versuch vor,
Nenork auf die Menschen anzusprechen.
Diesmal würde sie ihm ein kleines Geschenk
mitbringen. Denn für diese Geschichte hatte er
sich ein besonderes Geschenk verdient.

Hierzulande beschenkte man seine
Geschichtenerzähler.
Tin-Tin freute sich auch schon sehr darauf ihren
Freunden von der Geschichte zu erzählen.

Als sie endlich in ihrer Schlafblüte war und es sich
in ihren Blättern gemütlich machte, war sie immer
noch sehr durcheinander von den Dingen, die sie
gehört und gesehen hatte.

Nenorks Worte hallten noch lange nach, ehe sie
in einen tiefen, tiefen Schlaf fiel.
Und so kam es, dass zum ersten Mal nach langer
Zeit, eine Elfe von einem Menschen träumte.

Nicht alle Geschichten sind Märchen

Die ersten Sonnenstrahlen erwärmten gerade die Erde und die ersten Vögel zwitscherten vergnügt ein Lied, als Tin-Tin erwachte.
Sie war noch ganz benommen, von dem wirren Traum.
Sie rieb sich den Schlaf aus den Augen und begrüßte den neuen Tag.
Es war ein wundervoller warmer Sommermorgen.
Alle Pflanzen reckten sich der Sonne entgegen.
Morgentau lag noch auf der Wiese und funkelte wie Perlen auf grünem Samt.
Mit einigen Tropfen, die sich in einem Blatt ihrer Schlafblume gesammelt hatten, wusch sie sich ihr Gesicht.
Einige Schmetterlinge, die auch zu den Frühaufstehern gehörten, flogen an ihr vorüber.
Einer von der ganz witzigen Sorte flog direkt auf Tin-Tin zu und wollte sie ärgern, indem er unter das nasse Blatt huschte und ihr das Wasser über ihren kleinen Elfenkörper schüttete.
Schon war Tin-Tin von oben bis unten nass.
Eine regelrechte Wasserschlacht begann.
Die beiden tobten und lachten, dass schon bald sämtliche Schlafblüten aufgingen und die anderen Elfen aus ihrem Schlaf erwachten.
Denn die Elfen erwachten immer gleichzeitig mit ihren Blumen, die ihnen ein Zuhause waren.

Nachts hatten die Blüten eine dunkelviolette
Farbe, die, abhängig von der Sonne, tagsüber in
ein zartes Flieder wechselte.
Einige Elfen schauten etwas verschlafen drein,
aber die meisten beteiligten sich sofort mit großer
Freude an dem Wasserspiel.
Es war ein Riesenspaß, bis auch der letzte mehr
oder weniger ungewollt gewaschen war.

Auch Mischou, Tin-Tins beste Freundin, war
hinzugekommen und amüsierte sich köstlich.
Als der Tumult sich aufgelöst hatte und sich alle
am Karussell verabredeten, begrüßten sich die
beiden Freundinnen.
Tin-Tin hatte nur darauf gewartet mit Mischou
allein zu sein, um ihr von ihrem gestrigen Erlebnis
zu berichten.
Die beiden erzählten sich immer alles.
Sie setzten sich auf zwei nebeneinander
stehenden Gänseblümchen und Tin-Tin begann
zu erzählen.
Sie war wieder sehr aufgeregt als sie von ihrem
Menschen erzählte.
Mischou hörte gespannt zu.
Zwischendurch musste sie aber einiges erfragen:
„ Was ist denn ein Mensch? Oder was für Dinger
sind Tränen?"

Tin-Tin musste alles ganz genau erklären, da ihre Freundin mit einigen Worten nichts anzufangen wusste. So wie sie selbst am Tag zuvor.

Als Tin-Tin zum Ende gekommen war, klatschte Mischou begeistert Beifall: „Das ist ja das beste Märchen, was ich je zu Ohren bekommen habe! Auch wenn ich nicht alles ganz verstanden habe, Tin-Tin, dafür bekommst Du ein ganz besonderes Geschenk."
Nun rief Tin-Tin etwas enttäuscht: „Mischou, verstehst Du nicht, das ist kein Märchen. Es war wirklich so."
Sie stapfte so feste mit dem Fuß auf, dass die Blume auf der sie mittlerweile stand, erzitterte. Wer mag es Mischou verdenken, dass sie das alles nur für ein Märchen hielt?
Es war ja so üblich, dass man sich mit erfundenen Geschichten die Zeit vertrieb.
Es kostete Tin-Tin einige Überzeugungskraft, Mischou dazu zu bringen, dass sie verstand, dass es ihr ernst war. Sie sagte ihr, dass sie sich noch mal auf den Weg machen wolle und Mischou könne ja mitkommen. Dann könnte auch sie diese Menschen sehen.

„So weit raus fliegen? Ich weiß nicht.", Mischou war sich nicht sicher, was sie von der ganzen Sache halten sollte. "Ich werde es mir überlegen.

Jetzt fliege ich erst mal zum Karussell. Bis später meine Liebe. Und auch wenn es wirklich kein Märchen ist, ist es die phantastischste Geschichte aller Zeiten!"
Mit diesen Worten flog Mischou davon und ließ eine noch verwirrtere Tin-Tin zurück.

Mischous Reaktion gab ihr zu denken. Hatte sie das alles vielleicht doch nur geträumt?
Sie saß noch eine ganze Weile auf dem Gänseblümchen und dachte auch an das, was Nenork ihr sagte: „Vergiss diese Menschen, sie sind es nicht wert!"
Nicht wert?
Oh nein, sie konnte diese Menschen nicht so einfach vergessen.
Sie konnte ja an nichts anderes mehr denken!

Tin-Tin raffte sich auf, um zu den anderen zum Karussell zu fliegen.
Das Karussell war der Treffpunkt, wo sie die meiste Zeit verbrachten.
Alle waren da. Es wurde getanzt, gespielt und gelacht.
Es war ein riesiger Spielplatz, in dessen Mitte ein großes Karussell stand, auf dem meistens die Elfen schaukelten. Aber auch die anderen Wesen waren oft da.

Dieser Platz war direkt am See, so dass man jederzeit baden gehen konnte.
Wunderschöne duftende Blumen standen dort auf der Wiese.
Oft saßen die Wesen bei einem Picknick zusammen und erzählten sich die
tollsten Märchen oder einfach dass, was sie geträumt hatten.
Für die schönsten Geschichten gab es dann immer besonders schöne Geschenke.
So vertrieben sie sich die Zeit.

Also machte Tin-Tin sich auf, den anderen eine Geschichte zu erzählen.
Eine wahre Geschichte. Auch wenn das niemand verstehen sollte.

Sie war völlig in Gedanken versunken, als sie plötzlich von jemanden angestupst wurde.
"Hallo mein Engel, was ziehst Du denn für ein Gesicht?", lachte Mao ihr entgegen, "bist Du noch nicht ausgeschlafen? Es ist doch schon spät."
Mao war ein wunderschöner Elf mit großen, warmen dunkelbraunen Augen.

Tin-Tin errötete jedes Mal, wenn sich ihre Blicke trafen. Jetzt war ihr ganz heiß, als hätte sie Fieber.

Mao schien ihre Reaktion nie zu bemerken. Oder
er tat nur so, um sie nicht noch mehr in
Verlegenheit zu bringen? Wer weiß?
Rasch sauste er an Tin-Tin vorüber und rief ihr
noch zu, dass er sicherlich vor ihr am Karussell
ankommen würde.

Als Tin-Tin ihre Gänsehaut abgeschüttelt hatte,
die sie jedes Mal bekam, wenn sie Maos braune
Augen sah, startete auch sie los.
Mao war ihr schon ein ganzes Stück voraus.
Wenn sie es sich recht überlegte, wollte sie ihn
auch gar nicht einholen. Bei dem Tempo, welches
Mao vorlegte, hatte sie auch keine Chance diesen
Wettflug zu gewinnen.
Sie brauste zwar recht schnell hinter ihm her,
aber bekam nur noch seinen goldenen Schweif zu
sehen.
Mao war der schnellste Flieger unter den Elfen.
Das machte allerdings viele Wettflüge eher
langweilig.

Tin-Tin hörte schon von weitem das Lachen und
Singen der anderen.
Als sie dort ankam, wurde sie von allen herzlich
Begrüßt: „Du hast eine fabelhafte Geschichte.
Das hat Mischou uns gesagt. Bitte, bitte erzähl sie
uns", rief eine der Elfen und alle schauten zu Tin-
Tin und forderten sie auch dazu auf.

Es war der keinen Tin-Tin etwas unangenehm, dass ihre Freunde sie jetzt so bitteten, schließlich hätte sie die Geschichte doch sowieso zum Besten gegeben.
Sie war sehr auf die Reaktion gespannt, wenn sie erwähnen würde, dass dies eine wahre Geschichte ist.
Sie setzte sich auf eine hohe Schaukel, von wo aus sie ein jeder hören und sehen konnte. Nun begann sie die Geschichte der Menschen zu erzählen.
Sie berichtete von dem, was sie selbst gesehen hatte und dem, was Nenork ihr über diese Menschen beigebracht hatte.
Es war eine lange Geschichte, denn Tin-Tin hatte die Gabe, gute Geschichten zu erzählen und diese noch bunt auszumalen.
Die Sonne war schon fast hinter dem Regenbogenberg verschwunden, als sie die Geschichte beendete.

Die anderen hatten total die Zeit vergessen, so sehr hatten sie sich in dieser Geschichte verloren.

Tin-Tin hatte in der Vergangenheit auch schon Märchen erzählt, die einige Tage lang waren. Aber da machte man zwischendurch immer wieder Pausen, zum essen, trinken oder zum schlafen.

Aber diesmal erzählte sie ununterbrochen und alle waren begeistert.

Am Ende standen alle auf und applaudierten. Ein nicht mehr enden wollender Beifall hallte durch die Lüfte. So laut, dass Nenork, der ja weit weg wohnte, für einen kurzen Moment die Augen aufschlug.

Plötzlich stellte Tin-Tin sich auf ihre Schaukel und rief laut: "Halt, ich bin noch nicht ganz am Ende meiner Erzählung. Das wichtigste fehlt noch! Was ihr so eben gehört habt, ist kein Märchen, es ist die Wirklichkeit, die bittere Wahrheit. Da draußen leben wirklich diese Wesen, die uns nicht sehen können. Ich habe sie wirklich gesehen."

Die Anderen schauten Tin-Tin verblüfft an.
Mischou war wohl die Erste, die wieder anfing mit den Händen zu klatschen.
Woraufhin ein Wahnsinnsgetöse ausbrach.
Die Zuhörer jubelten.
Tin-Tin bekam Wortfetzen mit, wie: fabelhaft, genial, super, toll, die beste Geschichte die es je gab!

Also glaubten die anderen wohl, es gehöre zur Geschichte dazu, dass sie sagen würde, es wäre eine wahre Begebenheit. Sie verstand die Welt nicht mehr.

Als ihre Freunde schon damit beschäftigt waren, sich auszudenken, was sie ihrer Märchenerzählerin für diese Geschichte wohl schenken sollten, flog sie schon alleine zu ihrer Schlafblume.
Sie hatte genug für heute. Sie wollte jetzt nur noch allein sein.
Sie konnte nicht verstehen, warum die anderen ihr nicht glaubten. So etwas erlebte sie nun zum ersten Mal.
Noch nie zuvor erlebte eine Elfe so etwas wie Nichtglauben.
Hier zu Lande glaubte man jedem dass, was er erzählte. Warum auch nicht? Lügen gab es schließlich nicht.
Alles was man an phantastischen Geschichten hörte, war logischerweise ein Märchen. So war es immer und so war es normal.
Wie sollte sie ihren Freunden nur begreiflich machen, dass es sich bei dieser Geschichte um die Realität handelt und nicht um eine erfundene Geschichte?

Sie dachte noch lange nach, bevor sie einschlief. Doch in dieser Nacht war sie nicht mehr die einzige, die von den Menschen träumte. Viele ihrer Freunde nahmen die Geschichte mit in ihren Träumen.

Menschenkinder

Am nächsten Morgen stand Tin-Tin sehr spät auf.
Die Sonne stand hoch am Himmel und ihre
Schlafblume war längst aufgegangen.
Immer wieder drehte sie der Sonne den Rücken
zu und verdeckte mit ihren Flügeln ihr Gesicht.
Sie hätte zu gerne noch eine Weile weiter
geträumt, doch das helle Sonnenlicht malte bunte
Flecken unter ihre Lider.
Sie beschloss zum Regenbogenberg zu fliegen.
Hierher kam sie manchmal um nachzudenken.
Von hier oben konnte man die Welt in ihrer
ganzen wunderschönen Vielfalt sehen.
Der See funkelte und alle Blumen leuchteten.
Einige Elfen waren unten am See und badeten.
Leider konnte Tin-Tin aus dieser Ferne nicht
erkennen, ob ihre beiden besten Freunde auch
dabei waren.
Sie legte sich zwischen die Grashalme und
beobachtete, wie zwei Eichhörnchen miteinander
kuschelten. Sie war ganz in Gedanken
versunken, als plötzlich Mischou und Mao neben
ihr auftauchten und sie von ihren Schatten
getroffen wurde.
„Wir wussten, dass wir Dich hier finden würden.
Also gut, Du hast gewonnen! Zeig uns so eine
Fee ohne Flügel und wir werden sehen, ob sie

uns wirklich nicht sehen kann.", Mao stand mit einem dicken Grinsen im Gesicht vor ihr.
Mischou stand direkt dahinter und machte eher einen ungläubigen Eindruck.
Tin-Tin war sofort begeistert aufgesprungen.
"Na gut! Von mir aus sofort. Fliegen wir raus und suchen uns einen Menschen. Ihr werdet staunen. Los, kommt mit!" erwiderte sie spontan, drehte vor Freude einige Pirouetten in der Luft und sauste auch schon los.
Mao folgte ihr im gleichen Tempo. Nur Mischou flog etwas langsamer hinterher. Ihr war irgendwie nicht wohl bei der ganzen Sache.
Schon als Mao am Morgen diesen Vorschlag machte, hatte sie ein merkwürdiges Gefühl im Bauch, was sie bis dahin noch nicht kannte. Doch das wollte sie ihren Freunden noch nicht mitteilen. Die Lehrfeen sagten immer: „Was man nicht ganz klar weiß, soll man nicht in unklare Aussagen fassen."
Daran wollte Mischou sich vorerst auch halten. Außerdem freute sie sich immer sehr wenn sie mit Tin-Tin und Mao zusammen war.
Es war immer lustig und einfach zu süß, wenn die beiden plötzlich bemerkten, wie sehr sie sich lieb hatten. Besonders Tin-Tins Gesichtsausdruck, den sie bei jeder netten Geste von Mao bekam, war herzzerreißend. So dachte Mischou schon bald nicht mehr an ihr merkwürdiges Gefühl,

sondern erfreute sich an dem gemeinsamen
Ausflug.

Sie waren schon sehr weit geflogen, auf ihrem
Weg zu den Menschen. Irgendwann legten sie
eine Rast ein, um den köstlichen Nektar der
Bieblumen zu trinken, die hier auf einer großen
Wiese zu Tausenden blühten. Es war einer der
köstlichsten Nektar den sie kannten.
Zwischen den Bieblumen standen einige
Königsrosen in vielen unterschiedlichen Farben.
Tin-Tin pflückte sich einige Blätter, um sich
daraus geschwind ein neues Kleid zu machen.
Auch Mischou steckte sich einige Blätter an.
"Oh, jetzt seht ihr zwei fast ebenso schön aus,
wie die Königsrosen.", bemerkte Mao grinsend.
Tin-Tin wurde wieder rot und Mischou bemerkte
etwas neckisch, dass er und die anderen Jungen
auch ruhig mal etwas Ausgefalleneres als ihre
grüne Kleidung tragen könnten.
Ja, die Sache mit der Mode gab es wohl auch
damals schon!

Die Reise der kleinen Elfen führte noch über
einige sonnengelbe Kornfelder und vorbei an
einem dichten Wald.
Endlich hielt Tin-Tin inne. Sie waren jetzt an dem
Ort, wo sie zum ersten Mal einen Menschen
gesehen hatte. Außer Atem von dem

anstrengenden Flug ließen sie sich ins Gras fallen. Hier war also die Stelle. Doch hier war nirgendwo ein Mensch zu sehen.

Tin-Tin und Mao flogen so hoch sie konnten, um die Umgebung zu besichtigen.

Doch so weit das Auge sah, war hier nicht ein Mensch zu finden.

Sie beschlossen noch weiter zu fliegen. Die Sonne neigte sich bereits dem Horizont zu. Viel Zeit würde ihnen nicht mehr bleiben, wenn sie vor Sonnenuntergang zurück sein wollten.

Sie flogen schon wieder eine ganze Weile weiter, als sie auf einmal aus weiter Ferne Stimmen und Lachen vernahmen. Ein kleiner See lag vor ihnen. Und da, am anderen Ufer waren sie - die Menschen!

Mischou versteckte sich vor Schreck zwischen dem hohen Schilf.

Mao flog aufgeregt auf und ab. Nur Tin-Tin setzte sich ganz gemütlich auf eine Blume und freute sich riesig.

Es waren sogar mehrere Menschen dort.

Die drei Elfen hüpften auf eine der vorbei schwimmenden Seerosen.

Tin-Tin begann zu berichten, was sie schon vom weisen Nenork erfahren hatte: "Schaut, die beiden, die dort auf dem Steg sitzen, sind Menschenkinder. Die beiden anderen da hinten, auf der Decke, sind große, ausgewachsene Menschen.

Nur das Wasser, welches ihnen aus den Augen läuft, kann ich nicht sehen. Aber Nenork sagt, das Wasser läuft auch nur dann aus ihren Augen, wenn sie Schmerzen in ihrem Herzen haben."

Was genau dies bedeutet, konnten Elfen aber nicht wissen.

Tin-Tin kam sich jetzt richtig schlau vor und war erfüllt von Stolz, dass sie die Menschen wieder gefunden hatte.

Maos Augen funkelten wie zwei Sterne: „Warum fliegen wir nicht zu ihnen hinüber?"

Er war so aufgedreht und hüpfte von einem Bein auf das andere, dass die drei von seinem Sternenstaub, den er dadurch verlor, schon eingenebelt waren.

Die Seerose, auf der sie standen, schwankte schon in großen Wellen. Mao hielt es nicht mehr aus.

Noch bevor Tin-Tin etwas antworten konnte, schwirrte er auch schon zu den beiden Menschenkindern rüber.

Mischou bekam wieder dieses flaue Gefühl im Bauch. Doch als sie sah, dass Mao sich von hinten an die Menschenkinder heranschlich und dann blitzschnell an ihren Gesichtern vorbei flog und absolut nichts passierte, war sie sehr erstaunt.

„Nun komm schon Mischou! Siehst Du, sie sehen uns nicht!", rief Tin-Tin und nahm ihre Freundin an die Hand. Sie zerrte sie hinter sich her zum anderen Ufer.
Nun flogen alle drei Elfen um die Köpfe der Menschenkinder.
Direkt vor ihren Nasen. Sie setzten sich sogar auf ihre Schultern, um auf sich aufmerksam zu machen. Doch diese beiden Menschenkinder schienen sie nicht zu bemerken. Sie saßen nur da und ließen ihre Füße ins Wasser baumeln.
Nur einmal, für einen winzigen Augenblick, schien einer der beiden irgendetwas bemerkt zu haben. Tin-Tin kitzelte ihn am Ohr und er kam mit seiner großen Hand an diese Stelle, machte eine winkende Handbewegung und kratze sich dort.
Tin-Tins Herz raste in dem Moment vor Aufregung.
Doch weiter geschah nichts.
Als einer der großen Menschen von der Decke aus etwas laut rief, standen die beiden Menschenkinder auf und gingen einfach zusammen weg.
Zurück blieben drei völlig verwirrte Elfen.
Nun saßen sie da und ließen die Beine in den See baumeln.
Mao und Mischou konnten immer noch nicht recht verstehen, was sie da gesehen hatten. Auch sie waren nun ganz angetan von den Menschen.

Auf dem Heimweg redeten sie erst noch viel von den Menschen und ihren leeren Blicken. Machten sich Gedanken, warum sie von ihnen wohl nicht gesehen wurden.
Nur so ein Gefühl, dass sie bis dahin noch nicht kannten, umhüllte sie.
Es war kein schönes Gefühl. Für sie einfach nicht in Worte zu fassen.
Niemand erwähnte dieses neue Gefühl. Aber jeder von ihnen wusste, dass es den anderen ebenso ging.

Es war ein weiter Weg und sie mussten sich beeilen. Es wurde schon dunkel. Sie flogen den Rest des Weges wortlos nach Hause und hängten ihren Phantasien von den Menschen nach.
Sie waren müde geworden. Der Mond stand fast rund am Himmel, und spendete ihnen Licht. Sie kamen erst spät zu ihren Schlafblumen. Diese waren schon fast alleine zugegangen.
Schnell verabredeten sie sich für den nächsten Tag und gingen dann völlig erschöpft schlafen.

Gleich morgen früh wollte Tin-Tin Nenork besuchen. Sie wollte noch einmal mit ihm reden.

Das Abenteuer beginnt

Als Tin-Tin am nächsten Morgen zu Nenorks ausgehöhltem Baumstamm kam, hatte dieser Besuch von Unyx, dem alten Berghüter. Man sagte, er sehe alles was in der Welt passiert. Irgendwie hatte Tin-Tin das Gefühl, die beiden hätten schon auf sie gewartet, denn es standen zwei große Becher und ein kleiner Blütenkelch mit Honig auf dem Tisch.

Unyx war ein großer Geist mit einem langen Bart und manchmal schien er noch größer zu sein als der Regenbogenberg selbst. So hatte es jedenfalls den Anschein.

„Setz Dich, Tin-Tin, wir haben Dich erwartet", forderte Nenork die kleine Elfe auf, "Unyx hat gestern beobachtet wie ihr drei zu den Menschen geflogen seid. Ich wusste, Du würdest mich heute aufsuchen."

Ein wenig erstaunt darüber, dass der große Unyx ausgerechnet sie beobachtet hatte, setzte sich Tin-Tin an den Tisch.

„Schau, kleine Tin-Tin", begann Unyx mit ruhiger und sanfter Stimme zu sprechen, "Nenork bat Dich, die Menschen zu vergessen und nicht mehr so weit weg zu fliegen. Doch Du hast nicht auf ihn gehört. Was sollen die Feen davon halten? Warum spielst Du nicht mit den anderen kleinen

Elfen am Karussell und singst mit Ihnen?" Er schaute Tin - Tin fragend an.

Statt eine Antwort zu geben wurde sie wieder rot, so als hätte sie zu lange in Maos Augen gesehen. „Ich . . . ", stammelte sie und suchte nach einem überzeugenden Argument, „ich kann nicht glauben, dass sie uns nicht sehen können. Sie haben doch Augen. Sie müssen uns doch sehen! Mein Herz… Seit ich von den Menschen gehört habe, tut mir mein Herz so weh!" Sie blickte betrübt zu Boden.

Unyx´s Augen wurden dunkler und auch Nenork machte wieder ein ganz ernstes Gesicht.

„Da haben wir es!", rief Nenork mit drohender Stimme und erhobenen Armen, "sie hat Herzschmerzen. Diese Menschen haben sie angesteckt! Was Du fühlst, ist Leid!"

Nenork sah der kleinen Elfe tief in die Augen und fuhr fort: „Nie zuvor musste eine Elfe dieses Gefühl ertragen. Was sollen wir denn nun machen?" Panik und Entsetzen klang in seiner Stimme. Er sah Unyx lange und ernst an.

Tin-Tin unterbrach das erdrückende Schweigen: "Ich möchte einen Menschen suchen, der mich sieht."

Der Gnom und der Geist des Berges berieten lange darüber, ob sie Tin-Tin so etwas erlauben sollten.

„Gut", sprach Nenork endlich zu Tin-Tin. „Du kannst es versuchen. Du bist ein aufgewecktes kleines Ding. Vielleicht hast du mehr Glück, als die Feen, die es schon seit hunderten von Jahren aufgegeben haben den Menschen die Wünsche zu erfüllen. Aber sei auf der Hut. Sei äußerst vorsichtig. Nimm Deine zwei Freunde mit und fliege nur soweit, dass ihr den Regenbogenberg noch sehen könnt. Unyx wird über euch wachen! Du musst tun, was Du tun musst."

„Ja!", rief Tin-Tin vergnügt und tanzte im Wind. Der Schweif der kleinen Elfe, den sie hinter sich her zog, leuchtete an diesem Tag noch schöner als sonst: „Ich werde einen Menschen finden, der mich sehen kann!"

Davon war Tin-Tin überzeugt.

Schnell flog sie zu ihren Freunden und erzählte Mischou und Mao von ihrem Vorhaben und dass Nenork und Unyx es ihnen erlaubten.

Sie wollte auch den Feen Bescheid sagen, damit sie die drei kleinen Elfen nicht vermissen würden. Denn sie würden bestimmt länger unterwegs sein.

Sie durften zwar nur so weit fliegen, wie sie den Regenbogenberg noch sehen konnten. Aber der war sehr groß und von ganz weit weg noch zu sehen.

Die Elfen glaubten, man könne den Berg von überall sehen.

Proviant brauchten sie keinen, denn sie ernährten sich von dem Honig der Blüten. Wenn sie neue Kleider brauchten, nahmen sie sich ein paar Blütenblätter. Also flogen die drei Freunde noch am selben Abend los.
Alle Wesen hatte sich versammelt um ihnen viel Glück zu wünschen und um sich zu verabschieden.
Die Neuigkeit verbreitete sich wie ein Lauffeuer. Schnell wusste ein jeder, dass alles, was sie zuvor für ein Märchen hielten, Wirklichkeit war.

Eine der anderen Elfen überreichte Tin-Tin vor dem Aufbruch einen Stein. Einen sehr seltenen Stein. Er war rund und wundervoll anzusehen. Er war tief schwarz und hatte ganz viele goldene winzige Punkte. Sie überreichte ihn ihr, damit er ihnen allen dreien Glück bringen sollte auf ihrem langen Weg. Der Stein war außerdem ein Zeichen der Dankbarkeit für diese phantastische Geschichte.

Tin-Tin freute sich sehr. Es war wirklich einer der seltensten und wertvollsten Steine die es gab. Man sagte dieser Stein verkörpere das Universum.
Sie versprach allen den Ausgang der Geschichte ganz genau zu berichten, sobald die drei wieder Zuhause seien.

Dann endlich flogen sie los. Zu dem wohl größten Abenteuer, welches je eine Elfe gewagt hatte.
Sie flogen über große Wiesen, auf denen abertausende von bunten Blumen waren. Die drei Freunde lachten fröhlich und waren voller Abenteuerlust.
Als die Sterne schon lange goldig leuchtend am Himmel standen, konnte man ihren lieblichen Glöckchenklang immer noch hören.
In dieser Nacht schliefen sie nicht behütet in einer Blüte, sondern einfach mitten im grünen Gras.
Und Unyx konnte sie sehen.

Mischou fragte Tin-Tin am nächsten Tag, als sie schon wieder seit einiger Zeit geflogen waren: „glaubst Du wir werden unter all den ungläubigen, traumlosen Menschen, die es da draußen geben soll, wirklich einen finden, der uns sehen kann?"
„Aber ja. Schau nur, da hinten ist eines dieser Häuser, in denen die Menschen leben. Lasst uns testen ob sie uns sehen können.", antwortete Tin-Tin und schwirrte davon. Mischou und Mao folgten ihr dicht hinterher.
Sie kamen an einen Bauernhof mit vielen Tieren.
Dort waren auch Menschen.
Zwei Erwachsene und drei Menschenkinder.
Die drei Elfen flogen in das Haus und versuchten alles, um auf sich aufmerksam zu machen.

Tin-Tin setzte sich sogar auf den Kopf eines blondgelockten Menschenkindes.

Sie riefen laut und winkten.

Doch nichts passierte.

Ein Fenster stand offen und ein Schmetterling flog in den Raum.

Da geschah etwas, was die drei Elfen sehr verwunderte.

Das blondgelockte Menschenkind krabbelte hinter dem Schmetterling her.

„Seht nur", rief Tin-Tin ihren Freunden zu, „es kann ihn sehen."

Plötzlich und ohne eine Vorwarnung schlug das Menschenkind mit beiden Fäusten auf den Boden. Es brüllte laut und da kam Wasser aus seinen Augen.

Zum ersten Mal sahen auch Mischou und Mao dass, was die Menschen Tränen nannten.

Das Kind war wütend darüber, dass der Schmetterling schneller war und wegflog. Da kam die Mutter und tröstete ihr Kind.

Der Schmetterling flog auf die drei Elfen zu, die mitten auf dem Tisch des Raumes standen.

„Kommt schnell", schrie der Schmetterling und seine Stimme überschlug sich, „raus hier!"

Die Elfen verstanden nicht, aber sie folgten ihm durch das geöffnete Fenster ins Freie. Er flog auf einen hohen Baum und musterte die drei skeptisch.

„Was macht ihr hier?", fragte er noch ganz außer Atem, "soweit draußen habe ich Elfen noch nie gesehen." Sorgfältig putzte er seine Fühler.

„Wir suchen einen Menschen. Einen, der uns sehen kann", antwortete Tin-Tin.

Der Schmetterling lachte lauf auf: „Seid lieber froh, dass sie Euch nicht sehen können. Wisst Ihr denn nicht, dass Menschen böse, grausame Wesen sind? Wenn sie Euch sehen, werden sie Euch fangen und Euch mit einer Nadel aufspießen."

Die drei Elfen sahen ihn mit großen, entsetzten und ungläubigen Augen an.

„Alles, was ihnen gefällt wollen sie besitzen", fuhr der Schmetterling fort, „sie jagen uns erst über die Wiesen und wenn wir völlig am Ende unserer Kräfte sind, schmeißen sie ein Netz über uns und sperren uns in ein Glas. Sie nehmen uns mit nach Hause und durchbohren uns mit Nadeln. Millionen Schmetterlinge sind schon gestorben und das nur, damit die Menschen uns in ihren Schaukästen an den Wänden beschauen können."

Die drei Freunde verstanden es nicht. „Aber sie können Euch Schmetterlinge doch auch so sehen. Sie brauchen euch doch nicht zu töten", bemerkte Tin-Tin, „wie können die Menschen nur so grausam sein?"

Den drei Elfen wurde es schwer ums Herz. Sie hatten jetzt mit neuen Gefühlen zu kämpfen. Trauer um die getöteten Schmetterlinge. Wut, aber auch Angst waren auf einmal in ihnen. Angst vor den grausamen Dingen welche die Menschen taten. Tin-Tin versprach dem Schmetterling seine Artgenossen zu retten, wenn sie auf ihrer Reise solche Schaukästen sehen würden.

Als sie sich verabschiedeten, wünschte ihnen der Schmetterling viel Erfolg. Tin-Tin schenkte ihm einen kleinen Beutel mit Sternenstaub. Damit könne er Schmetterlinge, die durch Menschenhand gestorben waren, wieder zu neuem Leben erwecken.

Dann trennten sie sich.

Als sie einige Meter gelaufen waren, blieb Mischou stehen und aß etwas Honig von einer Blume, die dort am Wegesrand stand.

„Ich habe Heimweh", sagte sie leise.

Mao und Tin-Tin schauten sie erstaunt an.

„Die anderen Elfen sind jetzt glücklich und vergnügt. Mir tut das Herz weh. Hätten wir diese Menschen doch vergessen. Sie bringen nur Unglück", meinte Mischou mit weinerlicher Stimme.

Auch Maos Blick war betrübt.

„Was wir empfinden, sind Gefühle der Menschen, Mischou", erklärte Tin-Tin ihren Freunden. „Wir

sind schon so weit gegangen, lass uns jetzt bitte nicht allein. Alles wird gut. Du wirst sehen", redete Tin-Tin weiter auf Mischou ein.
Um diese Gefühle, die so wehtaten, zu überwinden, beschlossen die drei Freunde erst einmal einige Zeit zu entspannen und an einem See schwimmen zu gehen.
Es dauerte gar nicht lange, dann war die Traurigkeit vergangen und die drei Elfen spielten gemeinsam mit dem Wind.
Sie flogen immer weiter und weiter und amüsierten sich zwischendurch sogar köstlich.
Es machte ihnen wieder Spaß zusammen dieses Abenteuer zu bestehen.

Und weit weg, aus der Ferne sah der Berggeist Unyx zufrieden zu.

In der Stadt

Sie waren schon mehrere Tage unterwegs, als graue Rauchwolken am Horizont zu sehen waren. Die Luft wurde dicker und es wurde laut. Riesengroße Häuser standen dort und die Elfen sahen zum ersten Mal das, was Menschen als Autos, Motorräder und Züge kennen.

Die drei flogen auf ein hohes Haus und bestaunten alles, was es da unten zu sehen gab. Und wie viele Menschen es hier gab.
„Hier werden wir einen finden", sagte Tin-Tin voller Übermut. "Einen Menschen, der uns sieht. Einen, der noch Träume hat. Schnell lasst uns herunterfliegen."
Im Sturzflug flog Tin-Tin in die Menschenmenge. Hunderte Menschen gingen durch die Straßen. Tin-Tin flog vor ihren Gesichtern umher. Landete auf ihren Hüten und auf ihren Nasen. Sah Menschen mit langen, kurzen und ohne Haare. Alte, junge, große, kleine, dicke und dünne Menschen. Aber niemand, wirklich niemand schien sie zu bemerken!
Als sie sich von einer Laterne aus nach ihren Freunden umsah, konnte sie sie nicht gleich entdecken.
Da war plötzlich wieder dieses Gefühl. Ihr Herz! Es klopfte wie verrückt. Da war die Angst. Die

pure Angst! Wo waren jetzt nur Mischou und Mao?

Tin-Tin flog hoch in die Luft. Sternenstaub fiel ihr in langen Bahnen in allen Himmelsrichtungen vom Schweif. Sie rief immer wieder so laut sie konnte die Namen der beiden Freunde.

Wie eine Ewigkeit kam es ihr vor. Zeit und Raum blieben für sie stehen, so schien es, und doch fand sie ihre Freunde nicht.

Sie glaubte stundenlang umher geflogen zu sein um Mischou und Mao zu finden. Sie suchte überall. Doch sie fand nichts. Sie flog auf einen hohen Kastanienbaum zu.

Voller Erschöpfung und Verzweiflung ließ sie sich auf einem Blatt des Baumes fallen.

Ihr Herz drohte zu zerreißen. Es klopfte und raste, hämmerte so laut, dass eigentlich die ganze Welt es hätte hören müssen.

Sie bemerkte auf einmal noch etwas Merkwürdiges.

Ihre Augen wurden so komisch feucht. Wie Perlen rollten plötzlich zwei Tränen über ihre Wangen und zersprangen mit einem feinen Klirren auf ihrem Finger.

Sie hatte Tränen in den Augen!

Eine weinende Elfe, mit Tränen wie bei den Menschen.

Umso mehr sie sich mit den Menschen beschäftigte, umso mehr ähnelte sie ihnen.

All diese Gefühle, die ihre Seele quälte. Und jetzt auch noch diese Tränen!
Wo waren Mao und Mischou, ihre geliebten Freunde?
Sie fühlte sich zu Tode betrübt und war völlig erschöpft. Sie kämpfte gegen die Müdigkeit an. Aber die Augenlider wurden immer schwerer.
Tin-Tin war am Ende ihrer Kräfte und setzte sich erschöpft auf ein Hausdach. Ganz zerbrechlich kauerte sie sich in eine Ecke um sich vor dem kalten Wind zu schützen. Kaum waren ihr die Augen zugefallen, da erwachte sie schon wieder fröstelnd.
Die Sonne war verschwunden und es war kühl geworden.

Da erklang plötzlich eine altbekannte Glockenmelodie und sie wusste nicht, ob es Traum oder Wirklichkeit war.
Verschlafen blickte sie zum sternenbehangenen Himmel empor.
Aus einer dunklen Wolke, die sie nur schemenhaft erkennen konnte, kam Mao direkt auf sie zugeflogen.
„Mao, Mao", schrie Tin-Tin und winkte ihm zu. „Wo wart ihr nur? Wo ist Mischou?"
Mao landete vor Tin-Tin.
Auch er sah sehr erschöpft aus. Er blickte ihr nur in die Augen und sagte kein Wort. Ihre Blicke

versanken ineinander. Es war, als fielen sie in Trance und sie vergaßen alles um sich herum.
Tin-Tin schlang ihre schlanken Arme um Mao und presste ihre Lippen auf seine.
Vor lauter Freude, Mao wieder zu haben, drehten sie sich immer wieder. Eine Spirale aus Sternenstaub hob sich zum Himmel empor. Es dauerte eine Ewigkeit bis dieser Kuss endete.
Zwei kleine Elfen, die sich schon immer liebten, hatten nun ganz zusammengefunden.

Dann blickte Tin-Tin sich um.
„Wo ist Mischou?", fragte sie erneut, während sie versuchte sich zu sammeln. Sie dachte doch die beiden seien zusammen.
Der Zauber, der die beiden Elfen eben noch erfasste, erlosch schlagartig, als sie merkte, dass Mischou nicht da war. Mao erklärte, dass sie noch irgendwo da draußen war. Ganz allein. So wie jeder von ihnen in der vergangenen Nacht allein war.
Die Hochfreude der Liebe, die eben noch in ihren Herzen war, musste wieder Platz machen für das Gefühl der Traurigkeit.
Genau wie Tin-Tin suchte auch Mao in der vergangenen Nacht nach den beiden. Doch bisher hatte er nur Tin-Tin gefunden.
Mischou war wie vom Erdboden verschluckt.
„Wir müssen sie suchen." Schluchzend nahm

Tin-Tin die Hand von Mao und sie flogen los. Sie hielt seine Hand ganz, ganz fest. Denn sie wollte ihren geliebten Mao nie mehr verlieren.

Die zwei Elfen flogen in alle Ecken und Winkel der Stadt. Doch sie fanden Mischou nirgends. Egal wo sie suchten.
Sie waren so sehr mit der Suche nach Mischou beschäftigt, dass sie alles andere vergaßen.
Und so achteten sie nicht darauf, wie weit sie sich aus ihrer Heimat entfernt hatten.
Nun machte Tin-Tin auch noch eine weitere ganz schreckliche Entdeckung. Sie waren zu weit geflogen!
"Nein!", schrie sie laut.
"Neiiiiiin, der Regenbogenberg ist weg!"
Auch Mao sah jetzt suchend in alle Himmelsrichtungen und wurde blass. Die Angst in ihren Herzen wurde größer und größer.
„Wir müssen jetzt ganz stark sein.", sagte Mao verzweifelt und streichelte Tin - Tin zärtlich über das Gesicht. „Zuerst suchen wir Mischou und wenn wir sie gefunden haben, suchen wir zu dritt nach dem Regenbogenberg. Wir schaffen das schon. Nur keine Angst, meine kleine Zaubermaus."
Mao drückte Tin - Tin ganz fest an sich.

Es vergingen noch viele Tage mit der
vergeblichen Suche nach Mischou.
In all den Tagen, in denen die beiden Elfen jetzt
schon unter den Menschen lebten, schien sie
immer noch niemand bemerkt zu haben.
So langsam schwand auch die Hoffnung der
beiden, dass es noch Menschen geben würde,
die Elfen sehen können.
In einer so riesigen Stadt gab es keinen einzigen
Menschen, der sie bemerkte. Und keinen, der
auch nur ein wenig Glanz in den Augen hatte.
Doch selbst das war nun nebensächlich
geworden.
Die Suche nach ihrer Freundin Mischou
schwächte die zwei kleinen Elfen sehr.
Sie sahen durch die Strapazen der letzten Tage
völlig zerbrechlich aus.
Es war kalt und windig in dieser Stadt.
Und der Honig der Blüten hier, war
längst nicht so süß und nahrhaft wie der, den sie
von zu Hause kannten.
An einem besonders windigen Abend, saßen die
kleinen Elfen auf einer Bordsteinkante und ließen
die Köpfe hängen. Sie froren sehr und wünschten
sich, sie wären wieder zu Hause.
Da machte der Wind den beiden ein Geschenk.
Aus dem Fenster des Hauses gegenüber flog
eine Papierschwalbe, von Menschenhand gebaut,
direkt auf die Elfen zu.

„Schau Mao", Tin-Tin deutete auf das Papier, das vor ihnen im Rinnstein landete, "da steht etwas drauf."
Sie hoben das für sie recht große Papier auf.
„Lass es uns auseinanderfalten. Mal sehen, was das zu bedeuten hat."
Geschwind falteten sie das Papier auseinander.
Tin-Tin las laut vor, was darauf geschrieben stand:

*Erkläre, was ist Glück für
Dich?
Tut mir leid, doch ich kenne
es nicht.
Ein Leben ohne Stress und
Sorgen?
Dieses Glück blieb mir wohl
verborgen.
Ein Leben ohne Hass und
Neid?
Ein Leben voll Sonne und
Zärtlichkeit?
Wie gern würde ich so leben!
Doch wer kann mir dieses
Glück schon geben?*

Beide Elfen sahen sich traurig an.

„Diesem Menschen scheint es nicht besonders gut zu gehen", bemerkte Tin-Tin. "Da scheint jemand wirklich nicht zu wissen wie es ist, glücklich zu sein. Dabei ist es doch so einfach glücklich zu sein."

„Bei den Menschen anscheinend nicht", antwortete Mao, als ihm gerade ein weiteres Blatt Papier über den Kopf flog, was den kleinen Elf nun ganz bedeckte.

Tin-Tin musste kichern, als sie sah, wie ihr Freund mit dem Papier kämpfte.

Das war seit langer Zeit das erste Lächeln, das über ihre Lippen kam.

Auf dem Blatt stand erneut ein Gedicht.

Diesmal aber viel interessanter für die zwei Elfen.

Mao las es vor, als er sich endlich befreit hatte:

Wir waren in einem
Märchenland,
spazierten immer Hand in
Hand.
Feen und Elfen wollten uns
helfen,
das Glück zu behalten,
das Leben gestalten.
Was ist nur geschehen?
Es war wunderbar,
Doch nun wird mir klar,
allein hier im Raum -
aus ist mein Traum!

Nun jubelte Tin-Tin. „Siehst Du, dieser Mensch muss uns kennen. Er schreibt von Elfen und Feen. Ob beide Briefe von dem gleichen Menschen geschrieben wurden?"

„Bestimmt", erwiderte Mao, „es muss ein sehr trauriger Mensch sein, aber vielleicht kann uns dieser Mensch weiterhelfen. Wir müssen ihn suchen. Vielleicht kann er uns sehen. Vielleicht hat er auch Mischou gesehen, dass er so etwas schreibt. Schau, aus einem dieser Fenster muss das Papier geflogen sein. Lass uns mal nachsehen."

Die beiden flogen zu den Fenstern und äugten in die Räume.

Ein Fenster war nicht verschlossen.

Erst ließen sie sich am Fensterbrett nieder und lauschten. In dem Raum saß ein junges Mädchen. Es weinte dicke, runde Tränen.

„Was meinst Du, Mao", fragte Tin-Tin leise, „könnte dieser Mensch diese Gedichte geschrieben haben?"

„So wie dieser Mensch weint", flüsterte Mao, „könnte ich es mir vorstellen."

Mao und Tin-Tin beschlossen hinein zu fliegen. Und genau in diesem winzigen Augenblick geschah etwas, womit niemand rechnete!

Das Mädchen wandte den Kopf zum Fenster und konnte ihren Augen nicht trauen. Sie rieb sich die

Augen ganz fest, als hätte sie ein Gespenst gesehen. Das Mädchen sah, wie zwei Elfen direkt auf sie zu schwebten!

Die zwei kleinen Elfen, die im Vergleich zu den Menschen nur Fingernagel groß waren, trauten sich gar nicht zu erhoffen, dass dieser Mensch, der mit roten Augen und nassen Wangen da saß, sie sehen könnte.

„Ich habe Halluzinationen", sagte das Mädchen und war wie gelähmt. „Meine Nerven sind total am Ende. Das ist ein Traum."

Mit zittriger Stimme und verweinten Augen fragte das Mädchen die zwei Elfen: „Seid Ihr etwa Wirklichkeit?"

Erstaunt und hoffnungsvoll blickte Mao das Mädchen an und fragte: „Du kannst uns sehen?"

„Ja!", kam zaghaft von ihr zurück.

„Du kannst uns wirklich sehen?", wollte Tin-Tin wissen. Sie tanzte durch die Luft, dass ihre langen roten Locken nur so hüpften. "Hast Du die Gedichte geschrieben?"

Das Mädchen nahm eines der vielen Taschentücher und schniefte sich die Nase. Sie saß fassungslos auf Ihrem Bett, als die zwei Elfen sich auf dem Kopfkissen genau vor ihr, hinsetzten. „Ich träume doch schon wieder. Diese Tagträume werden ja immer schlimmer. Ich verliere den Verstand", sagte das Mädchen, während sie den Blick immer wieder zu den Elfen und von ihnen weg bewegte.

„Du siehst richtig, wir sind echt", sagte Tin-Tin und zupfte dem Mädchen in ihre tiefschwarzen Haare, damit sie merkte, dass sie wirklich echt waren.

Das Mädchen lachte vor Freude. „Wie heißt Ihr?", lautete die erste echte Frage des Mädchens.

„Ich bin Tin-Tin" sagte die kleine Elfe und zeigte mit der linken Hand auf sich, während der Zeigefinger der rechten auf Mao deutete: "Dies ist Mao, mein Freund. Und wer bist du?"

„Ich bin Tiffany", stellte sich das Mädchen vor.

„Ich habe noch nie Elfen gesehen. Was macht Ihr hier und wo kommt Ihr her?"

Tin-Tin erzählte ihr nun die ganze Geschichte, während Tiffany aufmerksam zuhörte.

Nachdem Tin-Tin ihre Erlebnisse beendet hatte sagte das Mädchen: „Ich werde Euch bei der Suche nach Eurer Freundin helfen. Und ich weiß auch wo wir die Suche beginnen. Denn wenn es Euch Elfen wirklich gibt, wird Chris wissen, wo wir suchen können. Chris ist mein Ex - Freund. Eigentlich hat er mich verlassen. Wir haben uns oft gestritten. Meine Eltern halten nicht besonders viel von ihm, weil er sich ständig mit den Obdachlosen trifft. Mein Vater meint, Chris sei nicht gut genug für mich. Er meint, er würde sicherlich mal in der Gosse landen. Deshalb haben wir oft gestritten. Ich liebe ihn doch so sehr! Aber was soll ich machen? Meine Eltern erlauben mir nicht, mit ihm in die Stadt zu gehen, zu den Obdachlosen, wo Christ sich oft aufhält. Aber ich werde ihn jetzt gleich anrufen und ihm von euch berichten. Er kann Euch sicherlich helfen, Mischou zu finden."

Als Tiffany bei Chris anrief, war dieser völlig begeistert. Die beiden jungen Menschen verabredeten sich für den nächsten Tag im Park.

Freunde

Chris war ein großer, gut gebauter junger Mensch. Seine blonden Haare passten wunderbar zu den tiefschwarzen Haaren von Tiffany.

Chris war begeistert und zugleich verwundert über die Elfen. Hatte er doch gedacht, es wäre nur ein Trick von Tiffany, mit ihm über Elfen zu reden, damit sie sich sehen würden.

Doch jetzt, als er die Elfen sah, setzte sein Herzschlag doppelt aus.

„Ich hätte nie gedacht, dass ich wirklich einmal Elfen sehen würde. Und jetzt gleich zwei! Ich kann es gar nicht fassen!", sagte Chris.

Sie gingen ein wenig im Park spazieren.

Tiffany erzählte ihrem Freund von der dritten Elfe, die verschwunden war, von dem verlorenen Regenbogenberg und von allem anderen, was sie von den Elfen wusste.

Chris hörte ihr gespannt zu.

Die zwei Elfen flogen etwas abseits und tranken von dem Honig der Blumen, die hier im Park wuchsen.

„Sie sind ein nettes Paar, nicht wahr?", bemerkte Tin-Tin, „Ich habe da eine Idee."

Sie flog zu den beiden Menschen hinüber und nahm Chris´ Hand. Mit aller Kraft zog sie daran,

bis er mit seiner Hand Tiffanys Hand berührte.
Mao kam ihr zur Hilfe.
Die beiden Menschen schauten sich verlegen an.
Zwar wusste jeder, dass diese Berührung den
Elfen zu verdanken war, aber das war egal.
Der Glanz, den diese beiden Menschen jetzt in
den Augen hatten, war so schön wie ein
kristallklarer Sternenhimmel. Hand in Hand
setzten sich die beiden Menschen auf eine Bank
und berieten darüber, wie sie Mischou finden
könnten.
Die beiden waren bisher die einzigen Menschen,
die Elfen sehen konnten. Aber vielleicht gab es ja
noch mehr davon.
Die vier neuen Freunde beschlossen jeden
Winkel der Stadt auf den Kopf zu stellen.
Chris wollte zu den Obdachlosen an den Bahnhof
gehen, denn er hatte dort eine alte Freundin, die
ihm oft Geschichten über Elfen und Feen erzählt
hatte.

Chris und Tiffany nahmen die zwei kleinen Elfen
mit in die Bahnhofskatakomben. Chris war sich
sicher, dass ihnen die Leute dort weiterhelfen
würden.
Am Bahnhof angekommen betraten die vier
Freunde einen langen Gang, der nach wenigen
Metern scharf nach links abbog und sofort wieder
nach rechts abzweigte.

Sie ließen den Gang hinter sich und erreichten nun einen Teil der Katakomben, der von hellen Flammen aus Blechtonnen erhellt wurde.

Hier pfiff ein eisiger Wind.

Nicht ein einziger Sonnenstrahl erwärmte diese Räume.

Der Boden trug die Spuren dessen, was in vielen Jahren in die Katakomben geweht wurde.

Vertrocknetes Laub, Zweige und auch Müll.

Es roch nach modrigem Laub.

Drei graue Nagetiere huschten von einer hell erleuchteten Nische in die dunklen Ecken des Gewölbes.

Lauschend verharrten die Freunde.

Riesige Spinnweben hingen von der Decke herab.

Hier unten nahm es mit der Sauberkeit niemand so streng. Wie auch?

Selbst Wasser war Luxus. Es war zum trinken und um sich zu waschen. Keiner würde es wagen, Wasser auf den Boden zu schütten, um damit zu putzen.

Die meisten der Katakombenbewohner führten ein Leben in Armut. Sie hatten keine Arbeitsstelle und somit auch kein Geld.

Die Freunde kamen nun zu dem Spalt in dem Gemäuer, der den Bewohnern der Katakomben eigentlich nur als Notausgang diente.

Für Chris und Tiffany war er ungefährlich, da sie
so nicht erst durch die Stadt gehen mussten. Das
wäre zu gefährlich für Tiffanny. Jemand könnte
sie dort sehen und den Eltern berichten, wo sie
sich herumtrieb.
Chris zwängte sich als erster hindurch und
erreichte dann einen Raum, in dessen Mittelpunkt
ein helles Feuer knisterte.
Für einen kurzen Moment zögerte Chris. Dann
erhellte das Feuer eine Stelle neben der Öffnung
in der Wand und ein heruntergekommener Mann
in zerrissener Kleidung ging auf Chris zu.
Als Chris nun mit den beiden Elfen, die um seinen
Kopf schwirrten, daher ging, schauten all die
Menschen, die in diesem Raum waren, ihn mit
großen fragenden Augen an.
Chris bemerkte hastige, sich entfernende Schritte.
Er hörte ängstliche Stimmen von Frauen und
Männern.
Jemand rief ganz aufgeregt: „Elfen! Elfen!"
Man sah, wie der Schatten des Mannes einen
kräftigen Schluck aus der Whiskyflasche nahm.
„Ich sehe Elfen und zwar schon doppelt."
Der Mann torkelte.
Tin-Tin flog ihm entgegen.
„Du kannst uns auch sehen?", fragte sie
skeptisch.
Der junge Mann mit dem drei-Tage-Bart im
Gesicht schaute sich erst um und blickte den

beiden Elfen dann in die Augen. Nun starrte er die beiden sprachlos an.

„Ich habe den Eindruck, jeder hier kann Euch sehen.", meinte Chris als er sah, wie auf einmal all diese Leute auf sie zukamen. Auch seine Freundin Elvira kam mit großen Augen langsam auf sie zu.

Sie war eine sehr alte Frau, mit langen, grauen Haaren, die sie nach hinten gebunden trug. Sie war ziemlich groß und recht stabil. Die blasse Haut ihres Gesichtes war mit roten Äderchen und Sommersprossen durchzogen. Ihre Augen funkelten helltürkis wie ein Korallenriff, glänzend und leuchtend!

Sie trug eine blaue Latzhose und eine bunte Bluse mit Blumenmuster. Die Kleidung sah nicht besonders gepflegt aus. Sie war in den Augen der meisten Leute eine schmutzige Pennerin.

Doch gerade diese Frau, der niemand eines Blickes würdigte, war die schönste Frau der Welt. Ihre Schönheit kam von innen heraus. Und von innen heraus leuchtete Elvira.

„Stimmt es also doch, es gibt Euch!", rief sie von weitem und strahlte über das ganze Gesicht. „Ich habe schon davon gehört, dass Elfen hier sein sollen, aber ich wollte diesen Gerüchten nicht glauben. In der Stadt redet man davon, dass Paul eine gefangen hätte."

„Oh nein!", unterbrach Tin-Tin Elvira, „Mischou, meine geliebte Freundin! Gefangen? Bitte, Ihr müsst uns helfen." Tin-Tin schüttelte den Kragen von Elviras Bluse mit beiden Händen und schrie laut und aufgeregt: „Wo ist sie? Wer ist Paul?" Tin-Tins Stimme zitterte und auch Mao stand die Angst um Mischou ins Gesicht geschrieben.

Jetzt redeten all die Menschen wirr durcheinander!
Paul war einer jener Personen, die jede Nacht auf einer anderen Bank schliefen. Man sah ihn manchmal tagelang gar nicht und dann tauchte er plötzlich wieder auf. Meistens war Paul damit beschäftigt irgendwie an Geld zu gelangen.
Wenn Paul also Mischou wirklich gefangen hatte, mussten sie ihn schnell suchen.

Alle versammelten Obdachlosen wollten sich an der Suche beteiligen.
Die Stadt wurde in mehrere Bereiche unterteilt und mehrere Suchteams machten sich auf den Weg.

In großer Gefahr

Tin-Tin, Mao, Tiffany, Chris und Elvira bildeten ein gemeinsames Team.
So durchforsteten sie alle innerhalb weniger Stunden die Stadt.

Als sie Paul außerhalb des Stadtkerns endlich gefunden hatten, saß dieser kaum ansprechbar im Eingang eines geschlossenen Geschäftes.
Er wirkte verwirrt und stammelte etwas von Schmetterlingen und Elfen. Er war ganz blass und verschwitzt. Das Team rief einen Krankenwagen für Paul. Er erwähnte noch einen Bibliothekar bevor er ins Krankenhaus transportiert wurde.
So wusste Elvira nun wo sie nach Mischou suchen mussten.
Sie kannte den alten Bibliothekar Wister schon sehr lange. Er interessierte sich für alte Bücher und studierte Schmetterlinge, die er in einem großen Schaukasten ausstellte.
Bei dem Gedanken, dass dieser Mann Schmetterlinge aufspießte, wurden Tin-Tin und Mao kreidebleich.
Jetzt wurde es höchste Zeit, Mischou zu finden, bevor ein Unglück geschah.

Also machten Elvira, Chris, Tiffany und die zwei Elfen sich auf den Weg zu Herrn Wister, der seine Wohnung genau über der Stadtbibliothek hatte.

Als sie bei der Wohnung ankamen, war es bereits dunkel.
„Ich werde mit Mao da rauf fliegen", schlug Tin-Tin vor, „das Fenster ist einen Spalt offen. Da passen wir durch. Wir sind klein. Selbst wenn er uns sehen könnte, machen wir uns so klein, dass er uns nicht bemerken wird. Sollte er nicht zu Hause sein, können wir Euch die Tür öffnen."
Selbstverständlich waren alle damit einverstanden.
Geschwind schwirrten die beiden Elfen hoch zum Fenster und verschwanden in dem dunklen Raum.
Wenig später erschien Tin-Tin wieder am Fenster und pfiff ihren Freunden zu: „Ihr könnt rauf kommen. Es ist niemand zu Hause."
Mit aller Kraft stemmten sich Tin-Tin und Mao gegen den Türdrücker bis er summte und die Tür sich öffnen ließ.
Die Türklinke herunter zu drücken, damit sich auch die Wohnungstür öffnete, war um einiges schwieriger. Es gelang ihnen nur mit allergrößter Mühe.
Als die Tür dann endlich aufsprang, setzte Tin-Tin sich völlig erschöpft auf Elviras Schulter. Tiffany

und Chris zogen zuerst die Vorhänge ganz zu und knipsten dann das Licht an.

Die fünf Freunde begannen sich umzusehen.

Sie öffneten Türen, Schränke und Schubladen. Blickten in sämtliche Ecken und riefen nach Mischou. Doch sie war nicht aufzufinden.

Tin-Tin flog ins Schlafzimmer.

Über dem Bett hing ein blutroter Vorhang. Der verdeckte wahrscheinlich ein Gemälde, welches mindestens zwei Meter hoch war.

„Kommt mal schnell", rief Tin-Tin in den anderen Raum, „ich habe etwas entdeckt!"

Sofort eilten die anderen herbei.

Tiffany und Elvira schoben den Vorhang beiseite.

Dort hing ein großes Bild. Darauf gemalt, war eine traurige Elfe, die ausdruckslos da saß und Tränen in den Augen hatte.

Die drei Einbrecher und die beiden Elfen waren bestürzt. Sie schauten fassungslos auf das Gemälde.

„Das ist sie!", Tin-Tins Stimme überschlug sich.

„Mischou! Was hat er nur mit ihr gemacht? Mischou!", schrie Tin-Tin immer wieder.

Elvira wollte Tin-Tin gerade trösten, als Mao aus einer anderen Ecke des Raumes schrie: „Nein! Oh Nein! Tin-Tin, schau Dir das an! Die Schmetterlinge sind alle tot!"

Bei dem Anblick der toten Schmetterlinge, die in einem Schaukasten an der Wand hingen, schossen Tin-Tin nun zum zweiten Mal in ihrem Leben Tränen in die Augen.

Auch Elvira weinte. Weniger wegen der Schmetterlinge als wegen Tin-Tin. Sie wusste, dass Elfen nicht weinten und sie all die bösen Dinge, die nur die Menschen taten, nicht kannten. Es war, als würde sie mit Tin-Tin leiden.
Mao nahm die weinende Tin-Tin in den Arm und wischte ihr die Tränen weg.
Dann flogen sie zu dem Schaukasten und öffneten ihn.
Sie zogen Nadel für Nadel aus den leblosen Schmetterlingskörpern.
Die zarten Körper waren mit silbern schimmernden Stecknadeln aufgespießt. Für die Elfen waren es riesige Spieße.
In einigen der bunten Körper schien noch Leben zu sein. Ein leichtes, fast unsichtbares Zucken.
Tin-Tin und Mao streuten Sternenstaub auf die Schmetterlinge.
Ganz langsam begannen die leblosen Körper sich zu bewegen.
Sie begannen mit den Flügeln zu schlagen und sich zu schütteln.
Hunderte Schmetterlingskörper schwebten nun in die Lüfte empor.
Der ganze Raum war voller tanzender Schmetterlinge, die zu neuem Leben erwachten.

Die drei Menschen klatschten vor Begeisterung in die Hände.

Die Schmetterlinge bedankten sich bei den Elfen und flogen durch den Spalt im Fenster, einer nach dem anderen, hinaus.

Es war wunderbar mit anzusehen.

Alle standen ganz still da und beobachteten das einmalige Schauspiel.

Als der letzte Schmetterling gerade durch das Fenster huschte, wurden sie von einem Geräusch überrumpelt.

Ein Schlüssel wurde ins Türschloss geschoben.

Sie hielten den Atem an.

Blitzschnell reagierte Tin-Tin und sprang mit aller Kraft gegen den Lichtschalter um das Licht zu löschen. Schnell griff Elvira den Vorhang, um ihn wieder über das Bild zu hängen. Doch es war zu spät!

Die Schlafzimmertür sprang auf!

Herr Wister, der Bibliothekar, betrat den dunklen Raum.

Noch bevor er das Licht anschalten konnte schmiss Elvira aus Reflex den Vorhang über ihn.

Chris griff sich darauf hin eine Kordel, die neben dem Vorhang lag, und schlang sie um den Bibliothekar.

Das war ihre Rettung!

Sie fesselten ihn und befragten ihn dann nach dem Bild. Sie wollten wissen was er wohl mit Mischou gemacht habe.

Herr Wister war völlig überrumpelt.

Mit zittriger Stimme erklärte er, dass Paul vor ein paar Tagen bei ihm gewesen sei: „Er hatte behauptet, eine Elfe gefangen zu haben. Er wollte sie mir für 250 Euro verkaufen. Aber das Glas, in dem diese Elfe angeblich sein sollte, war leer. Zufällig war auch Anton, der Maler, an diesem Tag bei mir. Der behauptete auch, dass in dem Glas eine Elfe wäre. Aber ich konnte sie nicht sehen. Er meinte es würde daran liegen, weil ich keine Träume mehr hätte. Ich lachte über den Unfug! Doch dann bot mir Anton an, die Elfe zu malen. Für 250 Euro. Dafür kaufte er dann das Glas mit der angeblichen Elfe von Paul."

Herr Wister bemerkte nun den offenen Schaukasten und fluchte laut los.

Die fünf Freunde warfen ihm nur noch einen herablassenden Blick zu und verließen die Wohnung.

Herrn Wister ließen sie gefesselt zurück. Sie wussten, dass er morgen früh von seinen Angestellten gefunden würde.

Sie gingen zurück zu den Katakomben, wo die anderen schon auf sie warteten.

Dort fand sich schnell jemand, der wusste wo Anton sich aufhielt. Er war an einem anderen Ende der Katakomben zu Hause.
Die Freunde mussten durch mehrere schmale Gänge gehen, ehe sie dort ankamen.
Anton lag da in einer Nische gekauert.
„Gut dass Ihr gekommen seid. Mir geht es nicht gut. Ich glaube, ich brauche einen Arzt.", rief Anton, dessen Gesicht halb im Schatten war, ihnen entgegen.
Als sie näher kamen, sahen die Freunde das Glas, in dem Mischou saß. Und dann blickten sie in das bleiche Gesicht des Malers.
Tin-Tin und Mao flogen blitzschnell auf das Glas zu.
„Lasst sie frei!", schrie Tin-Tin aufgebracht, "Lasst sie sofort frei!"
Mit beiden Fäusten schlugen sie gegen das Glas. Tiffany und Chris eilten ihr sofort zu Hilfe. Sie öffneten das Glas und mit einem tiefen Atemzug flog Mischou aus ihrem Gefängnis.

Chris stürzte sich schlagartig auf den langhaarigen alten Mann und rüttelte ihn. Am liebsten hätte er ihn verprügelt. Da schrie Mischou fürchterlich: „Nein, lass ihn los. Er ist kein böser Mensch! Er wollte mich vor diesem Wister retten. Doch dann ist er so krank geworden. Er wollte mich zu einer Elvira bringen.

Er meinte, sie würde sehr viel von Elfen
verstehen. Doch dann ist er so schwach
geworden, dass er nicht mehr laufen und das
Glas nicht mehr aufmachen konnte. Er ist ein
guter Mensch!"
Sofort ließ Chris von ihm ab.
„Ich bin Elvira", stellte sich die alte Frau vor und
nahm Anton gleichzeitig in den Arm. „Du musst
Dir keine Sorgen machen, mein Alter, Du
brauchst keinen Arzt. Deine Krankheit kommt aus
Deiner Seele. Ein guter, reiner Mensch wird
immer krank, wenn er eine Elfe in Gefangenschaft
betrachtet. Nur ein wirklich schlechter Mensch
kann diesen Anblick ertragen. Ja, es stimmt, ich
weiß einiges über Elfen."
Sie schaute nun zu den drei kleinen Elfen, die
eng umschlungen auf Tiffanys Handfläche saßen.
"Doch leider weiß ich nicht, wie wir Euren
Regenbogenberg wieder finden sollen."
„Wir haben heute unsere geliebte Mischou wieder
gefunden", antwortete Tin-Tin, „sie ist so klein.
Doch wir haben sie wieder gefunden. Der
Regenbogenberg ist so groß, warum sollten wir
ihn dann nicht auch finden?"
Die Elfen und die Menschen waren überglücklich,
dass die drei Elfen wieder vereint waren.
Mit neuer Hoffnung im Herzen verabschiedeten
sie sich voneinander.

Es war bereits Mitternacht und Tiffany hätte längst zu Hause sein müssen.
Sie wollten sich morgen wieder treffen, um gemeinsam den Regenbogenberg zu suchen.

Tiffany nahm die drei Elfen mit zu sich nach Hause. Sie hatte Glück, dass ihre Eltern noch nicht zu Hause waren.
Schnell machte sie es den Elfen in einem Puppenhaus gemütlich und huschte sich ins Bett.
Die drei Elfen redeten noch eine ganze Weile über die Erlebnisse, bis sie endlich völlig erschöpft in einen tiefen Schlaf fielen. Die drei schliefen eng umschlungen. Sie waren so glücklich sich wieder gefunden zu haben!

Träume

Tin-Tin, Mischou und Mao träumten in dieser
Nacht von ihrer Heimat, die sie sehr vermissten.
Es war ein sehr realistischer Traum.
Sie sahen die bunten, leuchtenden Farben ihrer
Welt ganz deutlich.
Da war der riesige Regenbogenberg.
Unyx war in ihm und um ihn. Es schien, als würde
er ihnen zuwinken.
Und da, unten am See, bei dem Karussell waren
alle versammelt.
Die anderen Elfen, die Feen und die Trolle. Selbst
Nenork, der weise Gnom, saß bei ihnen.
Aber was war das?
Plötzlich standen alle auf und gingen weg.
Sie gingen zu dem Regenbogenberg, wo Unyx
sie anscheinend schon erwartete.
Tausende kleiner Elfen tanzten im Wind.
Sie kicherten und sangen.
Sie waren so fröhlich...

Den drei schlafenden Elfen wurde bei diesem
Traum ganz schwer ums Herz.
Vor ihren geistigen Augen sahen sie, wie sich alle
Wesen ihrer Welt auf dem höchsten Punkt des
Berges stellten und sich dort an den Händen
hielten.

Auf dem Gipfel des Berges stiegen Nebelschwaden auf.

Aus dem Nebel formte sich so etwas wie eine Gestalt.

Es war Unyx, der sich jetzt in menschlicher Gestalt zeigte.

Er sprach zu den anderen Wesen, die immer noch Hand in Hand dastanden.

Die träumenden Elfen konnten das, was Unyx sagte, nicht verstehen. Es kam ihnen vor, wie eine fremde Sprache. Eine Zaubersprache vielleicht?

Die Sonne ging in einem roten Glühen, welches sich dann wieder mit einem Orange vermischte, auf.

Ganz sachte erschien ein Regenbogen aus zarten Pastelltönen.

Alle Wesen aus der Fabelwelt schauten hinauf zu der Sonne, die nun so hell leuchtete wie nie zuvor.

Tin-Tin wurde, genau wie Mao und Mischou, ausgerechnet jetzt in Wirklichkeit von der Sonne geblendet und erwachte aus ihrem Traum.

Alle drei rieben sich den Schlaf aus den Augen und waren etwas enttäuscht, dass der Traum schon zu Ende war.

Es tat so gut, im Traum ihre vertraute Welt zu sehen.

Tiffany und Chris standen plötzlich vor ihnen.
Da waren auch noch zwei andere Menschen,
welche die Elfen noch nicht kannten.
Es waren Tiffanys Eltern.
Der Vater hielt die Mutter im Arm.
Fassungslos, mit Tränen in den Augen, standen
die beiden da.
„Als Kind träumte ich immer von Wesen wie Euch.
Jetzt, wo ich Euch schon längst vergessen hatte,
seid Ihr endlich da!", sagte die Mutter mit
weinerlicher Stimme. „Tiffany hat mir alles von
Euch erzählt. Es tut uns so leid, dass wir den
Glauben an Euch und den Glauben an das Gute
in den Menschen verloren haben.", entschuldigte
sie sich nun bitterlich weinend.
Als die Eltern ihre Tränen getrocknet hatten,
konnte man sehen, wie ihre Augen zu funkeln
begannen. Erst ganz sanft, dann immer heller und
heller. Am Ende leuchteten auch diese zwei
Augenpaare wieder hell und klar.
Sie haben ihren Glauben wieder gefunden.
Tiffany und ihre Eltern hatten sich beim Frühstück
ausgesprochen, während die Elfen noch
schliefen. Sie versprachen, von nun an immer
über alles zu reden. Tiffany entschuldigte sich bei
ihren Eltern dafür, dass sie unerlaubt in die Stadt
ging und sich mit Chris traf. Die Eltern waren
glücklich und erleichtert über das Gespräch. Sie

verstanden endlich, dass Chris kein schlechter Junge war.

Die drei kleinen Elfen erzählten nun von ihrem wunderschönen Traum. Von ihrem Zuhause, welches sie nun unbedingt wieder finden wollten. So lange schon waren sie in der Menschenwelt. Obwohl sie nun so viele menschliche Freunde gefunden hatten, sehnten sie sich sehr nach ihrer Familie und ihren Freunden. Nach dem gewohnten Duft und Klag ihrer Welt.

Die Morgensonne erhellte immer noch den Raum. Es war an der Zeit, sich auf den Weg zu machen. Sie wollten sich mit den Obdachlosen im Park treffen, um zu besprechen, wie man am besten den Weg zurück finden könnte. Sie mussten den Regenbogenberg wieder finden.
Tiffanys Eltern gingen mit.
Jetzt wollten auch sie diese wundervollen Menschen, welche sie leider nur all zu oft als Penner bezeichnet hatten, kennen lernen.

Sie waren gerade im Park angekommen, als dicke, dunkle Wolken aufzogen. Es stürmte heftig und schon bald darauf jagte ein Regenschauer den anderen.
Dann legte sich allmählich der Sturm und nur ein leichter warmer Nieselregen blieb.

Die Obdachlosen warteten schon am ausgemachten Treffpunkt.
Sie standen alle da und schauten zum Himmel hinauf.
Dort schimmerte in allen Farbvarianten ein Regenbogen am Horizont.
Strahlend, leuchtend und schimmernd!

Die Menschen und die drei Elfen standen mit offenem Mund und großen Augen da, und konnten ihre Blicke nicht mehr von diesem unglaublich schönen Regenbogen abwenden.
Kein Mensch hatte je zuvor einen so prächtigen Regenbogen gesehen.
Er wurde immer größer, bunter und leuchtender.
Er bewegte sich auf die Menschen zu und endete direkt vor ihren Füßen.
Die Augen der Menschen glänzten vor Freude!

Wenn man ganz genau hinsah bemerkte man, dass sich auf diesem Regenbogen etwas bewegte.
Da waren Elfen!
Viele tanzende und singende Elfen flogen oder gingen, über diesen Regenbogen, auf die erstaunte Menschenmenge zu.
Tin-Tin, Mao und Mischou überschlugen sich fast vor Freude.

Sie drehten Pirouetten in der Luft. Sie tanzten übermütig und jubelten vor Freude.
Dann flogen sie zu jedem einzelnen Menschen, der dort stand, und küssten ihn.
Es war ein wundervolles Schauspiel, was sich da bot.
Bald waren alle anderen Elfen über den Regenbogen in die Welt der Menschen gekommen.
Bunt, schillernd und leuchtend, mit klangvoller Musik kamen sie und brachten die Freude mit.
Die gebrechlichen alten Leute tobten wie die Kinder umher.
Die Menschen hatten noch nie zuvor so viel Glück in ihren Herzen gespürt.
Die angekommenen Elfen berichteten, dass sie sich große Sorgen um die drei Abenteurer gemacht hatten.
Niemand wusste wo sie waren und wie es ihnen ging.
Selbst der große Berggeist Unyx hatte die drei aus den Augen verloren.
Eines Tages kamen viele Schmetterlinge zum Karussell und erzählten, dass Tin-Tin und Mao sie gerettet hatten, als sie auf der Suche nach Mischou waren.
Da sie nun wussten, dass die drei in Schwierigkeiten waren, gingen sie zu Nenork, um ihn um Hilfe zu bitten.

Nenork meditierte lange, um herauszufinden, wo die drei sich aufhielten.
Nur mit Hilfe eines Glücksteines konnte Unyx die Elfen finden. Als er sie endlich vor seinem geistigen Auge sah, versammelten sich alle Wesen bei Unyx auf dem Regenbogenberg.
Der steckte den Glücksstein in die Erde und sprach einen uralten Zauberspruch, worauf hin ein Regenbogen entstand, der genau an dem Punkt endete, wo sich die drei aufhielten.
Und so kamen all die Elfen und die Schmetterlinge auf dem schnellsten Weg zu ihnen, um sie zurück zu holen, in ihr Reich.

Der bunte Regenbogen verblasste nun langsam.
Es war an der Zeit Abschied zu nehmen von all den neuen Menschenfreunden.
Doch sie alle waren sehr glücklich!
Der Trennungsschmerz verschwand, da all die Menschen froh waren, dass die drei Elfen gesund und munter in ihre Heimat zurückkehren konnten.
Sie versprachen sich gegenseitig, immer aneinander zu denken.
Tiffany schenkte Tin-Tin zum Abschied die winzigen Stiefel aus ihrem Puppenhaus, von denen sie morgens noch geschwärmt hatte. Die Stiefelchen waren wie für sie gemacht. Sie passten ganz genau!

Tin-Tin schenkte Tiffany ihren Glückstein, den sie selbst einst für ihre Geschichte über die Menschen bekommen hatte.
Ohne Tiffanys Gedichte hätten die Elfen wohl nie einen Menschen gefunden, der sie sehen konnte.
Tin-Tins Glücksstein sollte sie und die anderen immer an die Elfen erinnern. Tiffany nahm den Stein fest in die Hand und drückte sich die Faust ans Herz.
Es war das Zeichen der Verbundenheit!

Mit neuer, viel größerer Hoffnung im Herzen und Glanz in den Augen winkten die Menschen den davon flatternden Elfen noch so lange nach, bis der Regenbogen ganz und gar verschwunden war.

Von diesem Tag an erschienen die Elfen immer mal wieder in den Träumen der Menschen.

Es soll sogar heute noch Menschen geben, die Elfen in der Menschenwelt gesehen haben.
Es soll sogar Elfen geben, die zwischen den Welten wohnen.
Manche leben an einem Teich.
Andere in den Wäldern.
Einige Elfen leben sogar in den Wohnungen der Menschen.
Oftmals ungesehen!

Wenn **Du** ab und zu einen kleinen Lichtpunkt aus Deinem Augenwinkel siehst, dann sei gewiss, sie sind bei Dir und auch Du kannst sie sehen!

Denn wer heutzutage immer noch zu träumen vermag, dem wird es mit lebendigen Augen immer gelingen Elfen zu sehen!

Und sei es nur von weitem, wenn sie über einem Regenbogen tanzen.......

DANKE

Bedanken möchte ich mich ganz herzlich bei all denjenigen, die mich immer wieder angetrieben haben dieses Märchen zu Ende zu bringen.

Mein Dank gilt daher den VDO-Zippen, Anita Gondek, Ralf Simon, Conny Knopas, Anja Adler. Und Eva Luna!

Dann meiner Grundschullehrerin Erika Lindner, die mich schon im Kindesalter ermutigte, meinen Gedanken Formen zu verleihen.

Vielen Dank auch an Tin-Tin (Martin), Jaqueline Zipfel und Silvia Kienast, die für den Namen dieser Elfe verantwortlich sind.

Danke, liebe Cristina Albert, dass Du mir „unsere" Elfe für das Cover zur Verfügung gestellt hast!

Und zuletzt möchte ich meiner Minna und meiner Sandra danken! Ohne Euch wäre dieses Buch heute nicht fertig!!!

Und ich danke DIR, lieber Leser, für Dein Interesse!

Bianka Wolf

wurde 1969 im Ruhrgebiet geboren.
Schon als Kind träumte sie von Elfen, die in der
Natur leben, aber von niemandem bemerkt
werden.
1994 begann sie sich Gedankennotizen zu
machen, die sie nun zu dieser zauberhaften
Geschichte zusammengefasst hat.
Auf Bilder wurde in diesem Buch bewusst
verzichtet, um der Phantasie freien Lauf zu
lassen!
www.bianka-wolf.de.tl

Christina Albert

wurde 1963 in Woodville/Adelaide/Süd Australien
geboren, lebt aber schon ewig in Deutschland.
Sie kreierte diese Elfe auf Seide. Die Flügel solle
freien Geist und Kreativität symbolisieren, die
Boots (Stiefel) Bodenständigkeit und Kraft!
Mehr über Chrissy erfahrt ihr im Internet unter:
www.chrissyart.de